P9-COO-350

EL LIBRO DE HOMERO

# En el Invierno

visítenos en www.flyingrhino.com



Dirección: P.O. Box 3989
Portland, Oregon
97208-3989

Dirección de Correo Electronica: bigfan@flyingrhino.com

Número de Control de la Biblioteca del Congreso
00-136473

ISBN 1-883772-34-6
ISBN de la colección Farmer Bob,
En la Granja 1-883772-85-0

Impreso en Mexico

Me llamo Homero.
Soy un carnero.

Es el invierno.

Tengo frío.

Me pongo un gorro.
Me pongo los mitones.

En el invierno nieva en la granja.

Al Granjero Bob le gusta esquiar.

Me gusta montar en mi trineo en el invierno.

A la Perrita Juana le gusta patinar sobre hielo.

Voy a hacer una oveja de nieve.

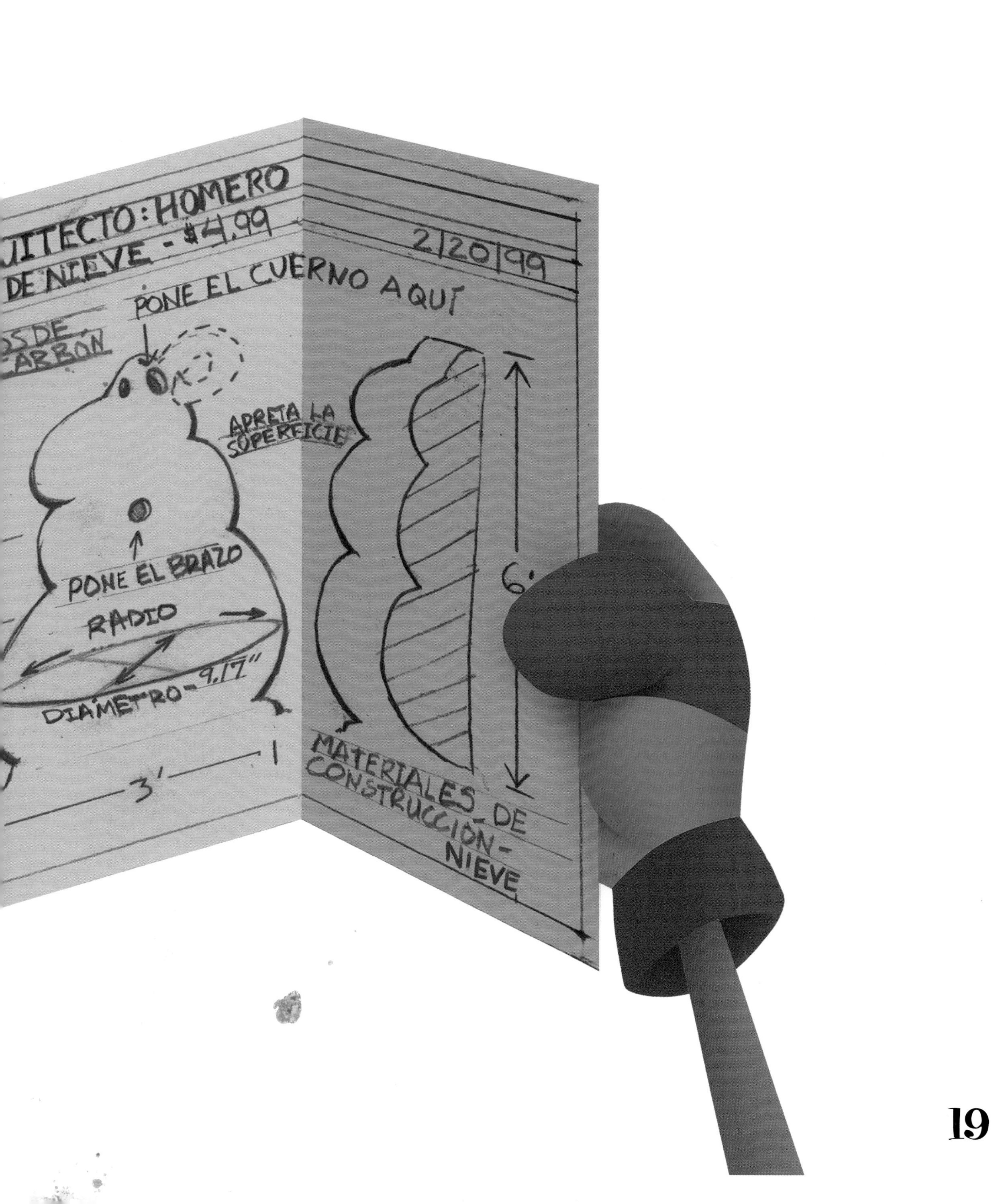
UITECTO: HOMERO
DE NIEVE - $4.99
DE NIEVE
2/20/99
PONE EL CUERNO AQUÍ
OS DE CARBÓN
APRETA LA SUPERFICIE
PONE EL BRAZO
RADIO
DIAMETRO - 9.17"
3'
6'
MATERIALES DE CONSTRUCCIÓN - NIEVE

Para el cuerpo hago una bola de nieve grande.
Para la cabeza hago una bola de
nieve más pequeña.

Los ojos son dos trozos de carbón.
Hago los cuernos con dos palitos.

¡PLAF!

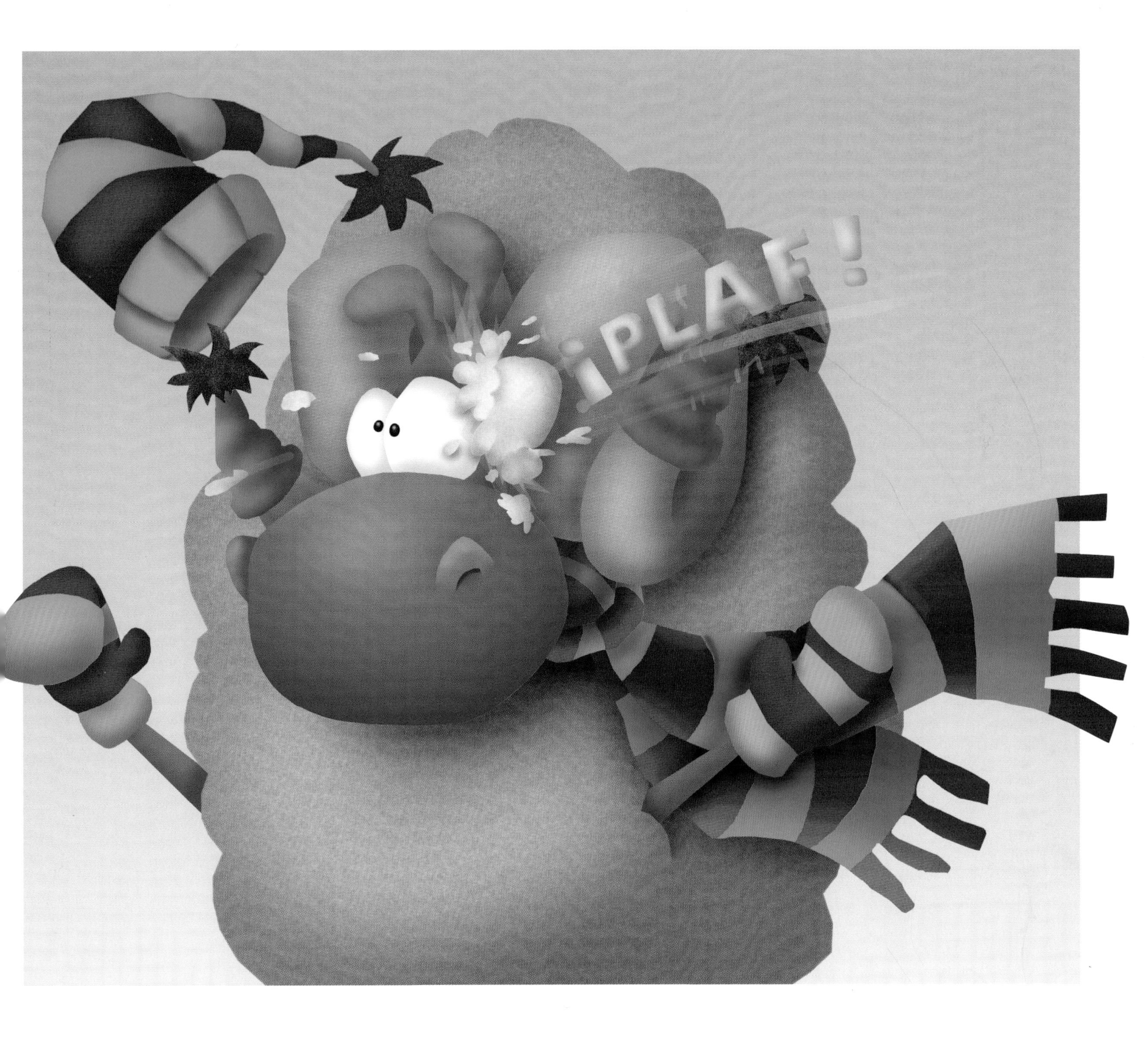
¡PLAF!

¡Una pelea con bolas de nieve!

Cuando se termina el día, tomamos chocolate caliente. Me gusta mucho el invierno.

# GLOSARIO

## patinar sobre hielo
(verbo)

**A Homero el carnero y a Juana les gusta patinar sobre el estanque congelado.**

## mitones
(sustantivo)

**Cuando hace frío afuera, Homero tiene las manos calentitas dentro de los mitones.**

## trineo

(sustantivo)

**Homero el carnero baja por la colina muy rápido sobre su trineo.**

## esquiar

(verbo)

**Al Granjero Bob le gusta esquiar en el invierno.**

## nieve

(sustantivo)

**A Homero le gusta jugar en la nieve.**

# DATOS SOBRE LOS AUTORES E ILUSTRADORES

**Ben Adams** dice que los animales de granja son malolientes, pero sin embargo a él le gusta dibujarlos. Ben vive en su propia casa en Portland, Oregon. Le gusta pasar el tiempo en su jardín podando, regando y convirtiendo sus árboles en esculturas de animales de granja, de tamaño gigante. Algún día espera tener su propia granja y cambiarse su nombre al Granjero Ben.

**Julie Hansen** se crió en Tillamook, Oregon, y sabe mucho sobre las vacas. Aunque nunca ha tenido una vaca, ha criado casi toda clase de diferentes animales; perros, gatos, pollos, conejos, ranas, ratas, ratones, peces, patos, culebras, ardillas y una que otra rata almizclera. Vive en Salem, Oregon con su esposo Mark, su hijo Chance, dos gatos, y un perro del tamaño de un gato.

**Kyle Holveck** vive en Newberg, Oregon, con su esposa Raydene y su hija Kylie. En Newberg hay muchas granjas y animales. El animal de la granja favorito de Kyle es el rinoceronte, el cual, *como sabemos,* no es un animal de la granja. Como su casa es demasiado pequeña para tener un rinoceronte, Kyle tiene un perro chihuahua llamado Pedro.

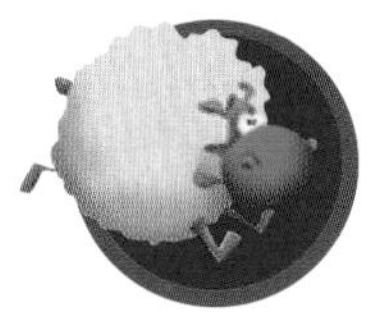

**Aaron Peeples** considera al Granjero Bob come su héroe. Dice que cualquier hombre se ve bien llevando sobrerropa día tras día, definitivamente tiene que ser un gran persona. Aaron actualmente estudia en la universidad en Portland, Oregon y se entretiene dibujando animales de la granja para Flying Rhinoceros.

**Ray Nelson** cree que las vacas y los cerdos son maravillosos. También cree lo mismo del tocino y de las hamburguesas (aún no le hemos dicho de donde provienen el tocino y las hamburguesas). Ray vive en Wilsonville, Oregon con su esposa Theresa. Tienen dos hijos, Alexandria y Zach, y una perrita rara que se llama Molly.

**CONTRIBUIDORES:** Melody Burchyski, Jennii Childs, Kam Clark, Paul Diener, Lynnea "Mad Dog" Eagle, Annaliese Griffin, Jessica Grilihas, MaryBeth Habecker, Mark Hansen, Lee Lagle, Mari McBurney, Mike McLane, Chris Nelson, Hillery Nye, Kari Rasmussen, Steve Sund y Ranjy Thomas.

**Traducido por Bruce International, Inc.**